肥妹

林二汶 图+文

与脂脂肪肪

新星出版社 NEW STAR PRESS

此书献给我们的身体、脑袋、心灵与爱

目录

写在一切之前

中国人社会里，孩子长得肥肥白白才是福气，不知为什么，一到达少年时，肥肥白白却变成了丑怪的象征，孩提时代的可爱，不容易带到长大之后。我倒觉得，肥胖与否不是最大的重点，可爱是从心而发的，喜欢自己和对自己有信心的人，就算外形长得怎么样，他还是会很可爱的。

写这本书的原意只是想为肥人说一点话，也让大家了解多点肥的可爱和健康的重要，没想到它会变成一个帮助我认识自己的过程。更难得是有机让我的作品可以跟国内的读者见面，跟大家分享我这个女孩子的想法与感受，非常感谢出版商新星出版社和所有有心人一直协助，谢谢。

002 前言・梁祖尧

FOREWORD

我是梁祖尧，舞台剧演员，靠演技讨生活（我认为），和林二汶之间的绰号叫丽凰。她是林二汶，音乐人和作家和我的心灵治疗师和……（下删），靠演才华（统称）讨生活，和梁祖尧之间的绰号叫美凤（我有时也叫她vivian＝肥肥人）。林二汶除了和卢凯彤组了at17外，还秘密地和我组了一个地下组合：美丽凤凰（美凤＋丽凰）。

我和二汶的认识是源于一块石。话说有一年，我要演一个舞台剧，由于剧中要由小演到大，而瘦点演小孩子的角色会更可信，我就减了十五磅。又话说那年我正和一个新朋友排练舞台剧，他说妹妹那阵子心绪不宁，睡得不好……不知为何在零科学零根据和对她零认识的情况下，我凭直觉送了我家的一颗黑色小石头给她，虽然我真的不知道那石头是否真的有用，但我想也不重要了，因为，她已是我难得的一个灵魂伴侣：我们之间没有不能说的秘密，因为我们沟通用的是灵魂，不是说话。

FOREWORD

我们的多个共同点中，除了太阳天蝎月亮水瓶的人格外，还有我们有两个共同的朋友：Gigi和Fongfong。就是脂肪。

在世俗的眼里我们是太肥（你阿哥和我那个朋友是超世俗的例子……哈哈）。身边的人也不停叫我们（无论好言相劝或恶言警告）减肥。

我同意，为了一些原因，我要减的（如角色需要），但我不认为这是我上台演出成功与否，或是我"美丽"与否的指标。我和美凤也见过大家努力减肥的成果：是瘦了，但大家会心痛。不要误会，我不是要鼓吹大家肥，我也想瘦一点，因为，打排球击球点和拦网会高点（认真地打排球我很快乐）。但如果减肥会使一个人不快乐，我宁愿用方法使自己快乐，如吃KFC、梅菜扣肉、肥牛边炉、Hoegaarden啤酒、fish and chips、午夜出前一丁，甚至飞去台北不要命地吃盐酥鸡一周……因为我信，美丽源于快乐，快乐源于爱……

FOREWORD

唔……

也许，她那刻拿起那块黑色石头感到的，有我努力脱脂的泪与汗，和我的爱。我想，她也必经历过。我们在同理心下结成了慰藉灵魂的美丽凤凰。

其实，我想叫石头告诉你（虽然现在找补的嫌疑很大）：不快乐的人，他们的眼睛都生在别人身上。如果眼睛生在自己心里，就没有什么事真的要担心和难过。因为，你的眼睛很善良，你的灵魂充满爱。

美凤，互勉之，love always!

丽凰

PART 1

*

肥妹超人
BEING FAT

008 卢凯彤

九岁的我是一个"假小子"，有自己的衣服不穿，偏要穿比我大八岁的哥哥的T-shirt，还有加大码裤。当时我的广东话说得很差（比现在还要差很多很多……），说话时的语气也是粗粗鲁鲁的，要说服别人我是一个女孩子，绝对不容易。

就在那年，因为某些原因，我要独个儿乘飞机由温哥华回香港，在等候上机的时候，空姐把我带到一班和我年纪相若的小朋友当中，这时我才发现原来要单独飞行的小孩不止我一个。在那十八个小时的旅程中，我认识了三个新朋友，名字记不起了，只记得他们都是很瘦弱的男孩。

快乐的时间过得特别快，杯面吃完、潜乌龟玩完，飞机也快要到达目的地了。我们都要按照规定填写一张入境表，就在那个时候，我被狠狠地定了罪，全因我在"性别"那一栏里填上了一个"女"字。不出一秒，坐在我旁边的男孩就大声喝道："女孩子？！"没错，原来在他们眼中我是个不折不扣的男孩，那程飞机里他们那么投入地跟我玩，只是因为我是"男孩"。之后的都不用多说了，他们一直背着我偷偷地笑。我就在那十八个小时里面找到了和失去了一班新朋友。

现在回想起来都没有不开心，只觉得很好笑。在成长的过程里，我们或许会遇到一些不知名的人，因为一些莫名的原因而喜欢你；同时也有一些不知名的人，会因为一些莫名的原因而讨厌你。外表是一种莫名奇妙的玩意儿，你可以为它而自豪或自卑，有些话如"好高呀！"或"太高啦！"、"好大的块头呀！"或"好肥呀！"只有一线之差，关键在于你拿谁跟谁比较。有人因为太相信自己而被伤害，也有人因为太信任别人而被背叛。所以如果能够找到一个你相信他之余，他也能让你放心地相信自己的人，是一件很难得的事，就如我找到这本书的作者一样。

二汶在我眼中从来都不是肥妹，她是一个拥有超能力的女孩，能让你完全忘我地进入她的世界，可能我们两个曾几何时都是某些人眼中的"男孩"，但现在都不紧要了，因为她已把她的超能力传了给我。

卢凯彤

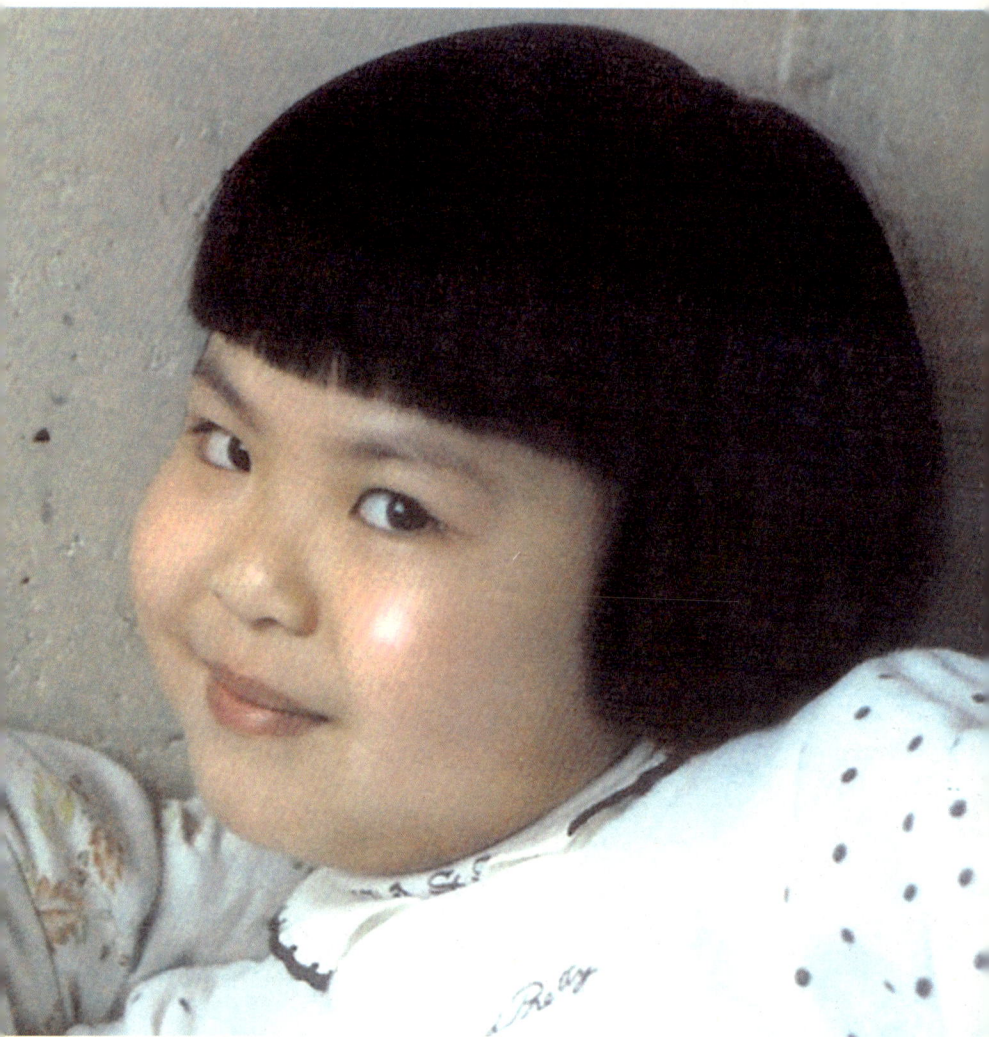

肥妹超人

我认为自己是有超能力的。

从我发现自己跟其他小朋友不太一样开始，我就怀疑自己是属于电影中那些长得较肥大，而且"力气很大"、"很能扛"的那种超能侠。

我，应该就是肥妹超人！

我深信，在超能侠成为超能侠之前，应该有经过地狱式训练的。所以小时候，拿洗衣粉、生油、五公斤装米等大大小小跟力气有关的事，都由我负责。

假如我是个大力肥仔，大家不当我是超能侠也可当我是技安，但我是个大力肥妹，大家充其量当我是技安的妹妹——技兰。我不想当技兰，因为我知道她是个不被了解的肥妹。她渴望爱，脆弱，但力气也很大，是那种典型的，在展现温柔前就被当成恶妻的肥大女子。我不想人家对我有这样的误会，我相信技兰也不想。可惜，不是太多人愿意花点时间，越过肥肉，接触那颗真正的心。不过，既然当上肥妹超人一职，就不能随便怨天尤人，更要发掘更多独特的超能力，为人民服务。有某些超能力是不用苦练的，只有厚肉的人才有。例如像龙猫一样当张软软的大床、变身成一张人肉棉被、充当人肉暖炉或哈哈笑蛋等等。

除了以上种种，作为一个肥妹超人，还要"能扛"。扛得住大家都靠着你时的那股重量，或当大家都不开心时自己要更开心来做大家的开心果的那点疲累，还有在交朋友谈恋爱结婚找工作选班长等等事情中，人家都可能因为你肥所以选别人不选你的那种失落，也要扛得住别人有时候不知为何而来的不友善目光。不过，要得道成为真正健康快乐的肥妹超人，一定要有以下这三个最最重要的条件——懂得欣赏自己、更加努力和认识自己该有的尊严。能守得住这三大条件，你可以成为一个成功的肥妹超人，但守不住，这些功力也能把你害得很惨。

有一个肥妹超人，叫肥英，她当义工，拿过奖状，也很"能扛"。几年前，肥英跟一群朋友聚会，朋友以她不合作为理由，开始动手打她，起初是半玩心态，然后越打越激烈，越打越过瘾，打还不够，还有一大堆更刺激更侮辱的虐待手法，她撑着，没反抗，直到断气。肥英练得一身好"扛"功，只可惜，她守不到最后三个条件。她只是撑着，直到生命连同自尊一起倒下……

要当个健康快乐的肥妹超人不易，但是，你也不一定要当超人，即使作为一个人，我们也有权利和责任维护自己应有的尊严。我还是深信自己有超能力，我更深信每个独特的个体里，都拥有自己独有的超能力，管你是燕瘦，还是环肥。

小时候是个"小肉球"

长大了也差不多……

好可爱

为什么待遇会这么不同呢?

"肥婆!"

"这么厚的肉，不怕疼啦！"

有谁跌倒是不痛的？

希望厚的是人情，而不只是肉。

因为肥嘟嘟……

很多人……

都喜欢黏着我……

其实这样很幸福……

要是喝汽水会肥……

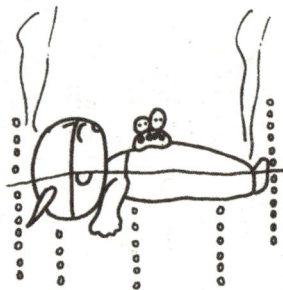

那么……

就让我……

在汽水里游泳……

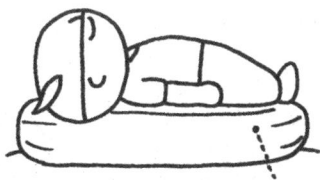

据说水床十分坚韧和舒服……

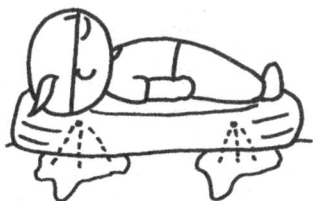

我也有一张……

不过……

还是不外乎是这样的……

有时候是迷失了

但我们不比世界小很多

身处任何环境都找得到自己

肥之超能力

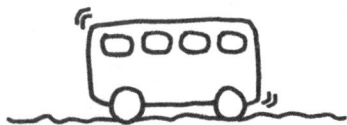

当巴士快要掉下山崖时，叫一堆
肥朋友一起跑到车尾就可以救
亡。

能疾速下山

也能让人温暖

可以一个人霸占两个座位

可以同时照顾一堆在哭的朋友

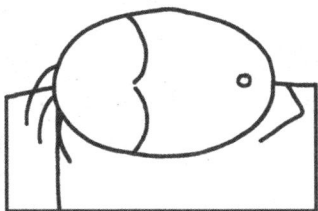

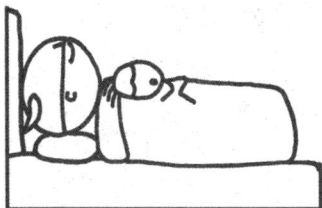

也能保人安睡

PART 2

*

和我血脉相连的他们
FAMILY

036 妈妈

当我知道怀了你的一刻，第一个念头：这个孩子吃东西时一定要快一点，多吃一点，因为我被你的哥哥吃得太慢又吃得太少弄至身心疲累。接下来的日子，和上次一样，吃什么呕什么，本来呕吐后会吃不下东西，我却非马上再吃不可，而且一天比一天地食量惊人，每个看见的人都以为我怀了双胞胎。

终于等到你出生了，第一次看到你也是在第三天，因为又是开刀取你出来的缘故，两个孩子出生都不能第一时间看到触摸到，也算是公平吧！第一次抱着你，看着你把三盎司奶一口气啜下去的模样，我真是又惊又喜。惊的是从来未见过婴儿这样快喝奶，不到二十秒，喜的是可以节省很多时间。

接下来的两个月时间，每天要三小时吃一顿奶，但随后的第二个小时开始，全家人就忙着想尽办法安抚你的哭声，还不到时间吃下一顿奶，你已能令我们明白你又肚饿了。全家六七个人被你寻找奶嘴的模样和哭声（没有眼泪的）逗得又紧张、又好笑、又心疼，给你吃又怕你吃得过多，不让你吃又怕你真的不够饱，最有经验的奶奶和外婆都拿你没办法，因为给你喝水，你不肯吞下去，给你只啜奶嘴你会把奶嘴用舌尖顶着吐出来，只好把三小时缩短至两个半小时，还是不成，再缩短至两小时，噢！真疲倦！全家人！

从小到大，你吃饱了便不肯再吃，只是你会很快又肚饿了，食量并不惊人，只是吃得很快，睡觉时间一岁半前每天三次，早午晚各一小时，晚上最少八小时，因为要准时吃奶，所以真是快速长大。

你是天生容易与别人相处的人，四个月大时，有一天把你放在婴儿椅子里坐着，发现你对着电视内的新闻报导员咿咿呀呀，表情多多、手舞足蹈地响应着，你以为电视机内的人在跟你说话。

只有五岁那年，因为气管炎连续发了八天高烧，咽不下食物而瘦得整个人变长了，那时你称自己为"高瘦汶"。病好了肥得更快，从此便没有瘦过了，"肥妹"已成为你的标志。因为担心肥胖会带来不健康，我总是定时带你检查身体，每次都说正常，没有过多血糖和胆固醇，非常健康。当你日渐成长，有时候也会察觉到你在开朗的背后偶然的不开心。你没有明确说过原因，我知道在外面总难免会被同学们嘲笑，但你不开心只是一会儿，很快你又开朗了，而且我知道你从中学懂了怎样选择朋友，我从来不担心你对自己会没有信心。

你的来临，给这个六口之家：奶奶、二姑姑、爸爸、妈妈、哥哥，带来了无限欢笑声，本来每天只有电视机声、街外不断的车声、飞机升降声，总没有人声的和谐之家，从此不自觉地充满了生气，你令家里每个很酷的成员都懂得开怀大笑，包括最酷的奶奶、爸爸。你性格开朗可亲，是家里的亲善大使，长辈们的宠儿，奶奶内外十五个孙儿的中心人物，谁都爱亲近你，你对人和事观察入微的独有智慧，令你的心胸更豁达、更有自信。你永远是家人心目中最美丽但并没有被宠坏了的宠儿，我们都知道，你对自己的人生充满信心，知道自己身边有很多明灯，不容易走失了。

妈字

和我血脉相连的他们

听说，妈咪怀着我时，虽然只有九十磅（已加上我在肚里），但从前只吃一片面包就饱的她，可以吃完一整碟大排档分量的豉椒鲜鱿饭。重点是，她在一小时后又再肚饿。据阿哥说，他看过一支三盎司的奶在十秒内以漏斗姿态消失，他吓得不知道怎么反应，那是他第一次看见我被妈咪抱在怀里的情景……那时候我出生只有一星期。种种证据显示，我有"鲸吞"食物的习惯，不管是出生前或是出生后。相对于喜欢对着食物"誓愿"的阿哥，我们一起吃饭时就已是一场足料闹剧。

要控制我和阿哥吃饭的速度想必是妈咪人生中遇过的最滑稽和最有难度的事。我吃得太快，当胃部还未收到脑部传送"饱"这个讯息时，双眼已经虎视眈眈阿哥还未吃完的食物；妈咪要赶在我动手抢食前阻止，同时也要催促阿哥快点吃完。一来她怀疑自己是否给我的食物不够，同时也担心我再吃会肥死；二来怕儿子的食物被抢去，也担心他吃不够会营养不良……

这个三角角力赛，是每一天生活的高潮。

有鉴于我生长的速度跟我吃东西的速度并驾齐驱，妈咪除了平衡我俩吃饭的时间外，还要赶在我变成一个高血压高脂"球"之前，努力阻止事情成真，实在是一出《尖峰时刻》。由于养大我们的过程是如此耗力又如此搞笑，妈咪很大部分时间都处于哭笑不得的状态。

当我们年纪还小时，一句"很得意"就可以化解我们的一点"过大"与"过小"，直到我们年纪渐大，我反地心吸力地茁壮成长，而阿哥则原地踏步，那些"肥壮"和"细小"就不是一句"很得意"容得下了。阿哥是天才，即使个子较小，才高却过八斗，妈咪只担心他吃不够会不够能量工作罢了。她真正忧心的，是这个已不可再用"可爱"和"得意"二词来掩人耳目的过重女儿，因为早在我有零用钱和知道这世界上有小食部之时，我的体重已不在妈妈控制范围之内。她多少次被问及"你女儿为什么那样肥"或"你那么微型，怎么可以生下那么巨型的女儿"。心地好一点的人或者会说："不像妈妈像爸爸嘛！"而妈咪总是笑着说："不，她的轮廓很像我，现在还未看到而已。"不过，敏感的我总看到妈咪掩藏在眼中的那种既替我不值，但又很想我瘦一点的矛盾。

哪对父母不想自己的子女出类拔萃? 就算不那么出众，也不想子女因为跟别人有哪一点的不同而得到不公平待遇。妈咪要让我分得清什么话该听，什么不该，同时又要教我建立自信，以健康的心态面对社会中有些对待肥人而产生的那种不太友善的目光，魄力要强过三迁的孟母。幸好，在建立自信方面，阿哥也帮了不少。阿哥是第一个让我明白"肥人也有肥福"的人，早在我十七岁的时候，已对我提及"Fat Power"这概念，大概是说就算你肥也要肥得有尊严有力量的那种想法。年纪那么小，搞不清什么

power不power，只知道如果人家取笑我，我比人家笑得更狠就是了。

这样说好像还是逃不出被嘲笑的命运嘛，但绝境总有逢生处，我的幽默感就在那时开始发挥效力。大方欢乐地迎接别人的话，反而让我得到很多欣赏的目光和珍贵的友谊。在一群天使的陪伴下，我反而变得真正强壮了。当然这群天使中有一个很重要的人，也是不得不提的人，就是我老爸。老爸是给我最多笑容的人，就算嘴巴不太擅长表达情感，眼睛也总对着我笑。他虽从不说肉麻话，却常让我感到自己是被欣赏的，因为他的眼神告诉我，我的幽默感加上圆圆的体态，真的逗得他很快乐。他们都是让我真正认识自己是谁的重要人物，最重要的，是他们让我看清楚，人心其实可以有多美丽。

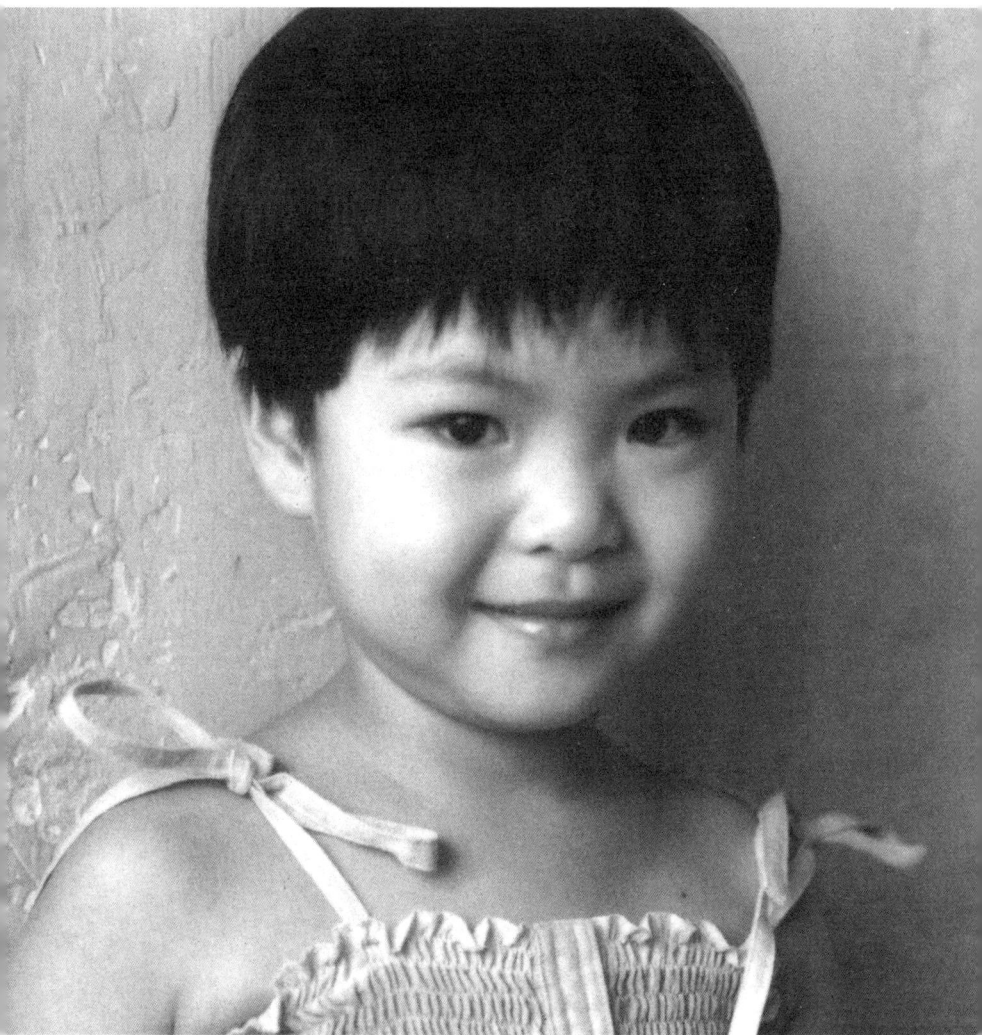

我有很多表兄弟姐妹……

但明显地，我比他们大很多

虽然有时候我会无意间
碰倒他们……

但我可以把他们全部抱起

跟表弟玩耍……

其实有点危险……

因为乐极忘形时……

连把他弹开了也不知道！

肥妹父母年轻时是十分让人艳羡的一对

婚后，生了肥妹的哥哥……

接着生了肥妹……

是有点搞笑，不过比从前更快乐了点

肥妹的爸爸是个非常英俊的男子

而且他是个怎么吃都不胖的男子

可是他完全忘记女儿没有遗传
到他怎么吃都不胖的体质……

常常鼓励肥妹一起去追寻自己喜
欢的食物！

我……

我阿哥……

我妈妈……

我们仨……

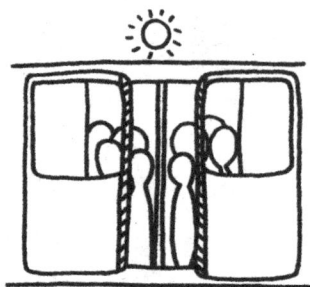

追地铁时……

没有哥哥在　　　这里……

我的肉

会有这种情况出现……

但是如果哥哥在场……

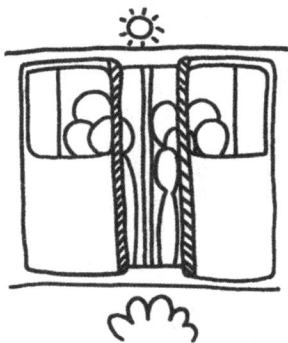

情况就完全不同了！

跟哥哥上街时……

他最喜欢拿着我的手……

因为我的手很多肉……

很舒服……

可是他实在太微小了……

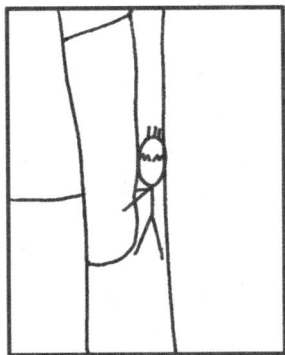

让我很容易忘记他的存在……

肥之超能力

这是肥妹的哥哥

她都肥了这么多年了……

有一次碰巧是肥妹的生日

肥妹哥哥决定要送妹妹一件别出心裁的礼物

谁知道，由于肥妹的哥哥实在太微小的关系，在买礼物途中被外星人捉了去研究，于是肥妹生日当天，就多了原本给哥哥吃的那份生日蛋糕作为礼物

阿哥吃饭吃得很慢……

我则会疾速吃完饭……

看见他还剩下那么多饭菜……
我就……

只有离开饭桌，因为精明的妈妈
已经把我看穿了！……

肥妹："他吃不掉吧……"

妈妈："吃饱了吗？"

"不要吃那么快呀！"

"吃快一点吧！"

"不要碰哥哥的食物！"
"快点吃吧！"

"你们能不能够配合一点！"

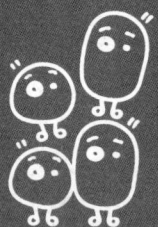

PART 3

*

脂脂肪肪

GIGI FONGFONG

068 WALLACE NGAI

遗憾变祝福

人生中往往在不同的阶段会有不同的遗憾，而令我印象深刻难忘的当然是在十九岁准备入大学时，知悉自己有一型糖尿。这实在是人生的一个震撼，更是一个重大转折点，足以确定将来做人的方向。当时虽然感到不快，但为了要掌握及控制病情，我仍主动出击及积极面对，选择了修读营养学，更不断进修运动科学，否则不但无法持久控制HbA1c（三个月平均血糖值）血糖度在六以下，更没有机会教导大家怎样吃得营养、动得健康了。

糖尿病是一项终生的挑战。它会考验个人纪律、生活行为的素质、身体健康的要求及心理压力的控制，否则工作及生活会变得一团糟，更要提醒自己不能任意妄为，必须注射针药、服药、控制饮食、常做运动等，便能平稳地控制血糖度及糖分结构。就是这样使我重新确定学业与事业和人生目标。从选择成为物理治疗师再转为营养师，这样更能深入理解如何控制糖尿病上的饮食，控制体重和理解身体病理变化。学懂了健康的饮食方法，再通过运动，便可以建立健康的生活模式，从而将血糖控制得更好，更无需担心。多多学习而更明白营养、运动的处理，将任何事掌握在自己手里，努力地付出，成效更好。

凡事只要积极面对，努力付出，必有成效；也要学习有关知识，以充实自己，既可帮助自己，也可辅导别人。最重要的是不将疾病视作忧虑，而是给予自己祝福，这个祝福也可帮助周边的人。否则，现在的工作便不会与营养、饮食及体重控制及运动扯上关系。

营养及体重管理的概念是透过灌输正确的营养知识，以科学和不取巧的方法从而达到持久的体重管理。着重每一个细节，例如身体结构、遗传学到个人口味都照顾得到。除此之外，我也了解到一些基本的元素，如：新陈代谢率、食物的喜好、健身目标、身高、体重、年龄、性别、生活模式、适当的运动计划和饮食，对于体重管理有重大的影响。明白如果这些基本元素不能得到改善，根本不能持久地控制体重。而事实上，不论瘦身或健体，都应该根据生理定论，假若盲目地做，不单不能达到预期效果，更可能影响身体健康。有别于坊间流行的"瘦身"方法只着重短期的效果，而忽略了长远的影响。

达到持久的体重管理，度身定做一个迎合生活模式的食谱及运动计划，能更快达到健康的体重目标。现在，大学、医疗机构和复康中心教导患者控制饮食、运动及控制体重时，他们更以自己作为模范，愿意接受及付出努力而达到成功，这份人生的遗憾就此成为别人的祝福。

Wallace Ngai

President of Asian Nutrition Academy 亚洲营养学会主席
ANA Nutrition and Weight Management Fitness Center 营养及体重管理中心
Chief Private Coach Registered Dietician and International Certified Personal Trainer
注册营养师及国际认可私人健身教练

脂脂和肪肪

跟我的脂肪相处那么多年，对它们的感觉是百感交集。

我讨厌它们在我需要找对象谈恋爱时跑出来掩着我爱的人的双眼，但我也感激它们让我看清楚谁真的值得爱；我讨厌它们让本来想找我工作的人却步，但我也感激因此让我有机会反思而找到更适合自己的工作；我讨厌它们害我的身躯和动作变得又庞大又行动不便，但我也喜欢它们让有爱心的人想抱抱和亲亲我圆圆的身躯与面庞……我既恨它们，也爱它们，两个原因都充分，所以多年来，我一直找不到平衡点。但难道我一生都要跟它们痛苦地纠缠吗？这几年，当我真正享受做运动给我的感觉时，一切就变得有意思了。

我认识到，原来脂肪是身体必需的营养素，也是种被储存在身体的能量，就像汽车的汽油。它是被燃烧来化作能量的。一般来说，假如身体吸收的热量收支不平衡——即日常饮食中所吸收的热量比身体所需要的多，而之后没有做适量运动将多余热量消耗，身体就会将它们储存，接着就会出现过胖的情况。你越不运用脂肪，它们就越会慢慢累积。所以当你吃得越多，它们就积累越多。

我曾经以为，只要什么都少吃，吃得越少越好，就能避免身体吸收过多热量。但原来这样做虽然没有吸收过多热量，但脂肪也没有被适当消耗，身体所需的营养不但被一并拒诸门外，也不能达到减肥效果，更会导致身体营养不良。而且最讽刺的是，你吃得越少，新陈代谢率就会越慢，而燃烧脂肪的速度也会相对减慢。结果，绝食反而会拖慢消耗脂肪的过程。以下提供一些关于脂肪和其用法的数据，让大家对如此重要却又经常被误会的营养素认识多点。

1 脂肪是五大营养素之一。五大营养素是维持生命的基本元素，包括：碳水化合物、蛋白质、脂肪、矿物质和维生素。

2 脂肪燃烧后，产生的就是热量，而卡路里就是计算热量的单位。

3 想通过运动达到消耗多余脂肪的效果，最理想是可以一星期做三至四次三十分钟以上的有氧运动。（当然不能同时随便乱吃啦！）有氧运动包括散步、慢跑、游泳、健康舞、太极和踩单车等等。

4 当大家开始做有氧运动时，也许会发觉开始时比较辛苦，辛苦的感觉容易让人产生放弃的念头。为什么会感到辛苦呢？

原因是，做有氧运动的头二十分钟，身体所消耗的只是糖分。由于糖分所产生的热量较少，能为身体提供的能量也相对较少，当该运动需要耗用一定程度的能量时，身体在该阶段所提供的能量不足，我们就会感到较辛苦。然而，经过头二十分钟的运动后，身体开始燃烧脂肪来提供能量，脂肪产生的热量比糖分所产生的多出一倍，由于能量较多，我们就不会感到那么辛苦了。

5 脂肪可在冷天里保暖。

6 脂肪能让人外形变得圆圆的，可爱点。（我说的。）

脂肪本身益处还有很多，在这里不能尽述。而我并不是想一面倒地宣传脂肪的好处，只希望当大家一窝蜂说"讨厌脂肪"和"赶走脂肪"的时候，让大家先认识一下它的本质和用处。最后，最紧要能明白一点，就是我们不该讨厌脂肪，而是要学懂利用它们。

以上提及的营养与运动的数据来源：
注册营养师及合格健身教练魏精鸣先生（亚洲营养及体重管理中心）

078 与脂肪对话

079

下面，我要为大家介绍一队组合，

是一队大家再熟悉不过的组合！

不是at 17

不是Twins

不是软硬

不是飞轮海

你的头发刺到我了！

不是棒棒堂

不是农夫

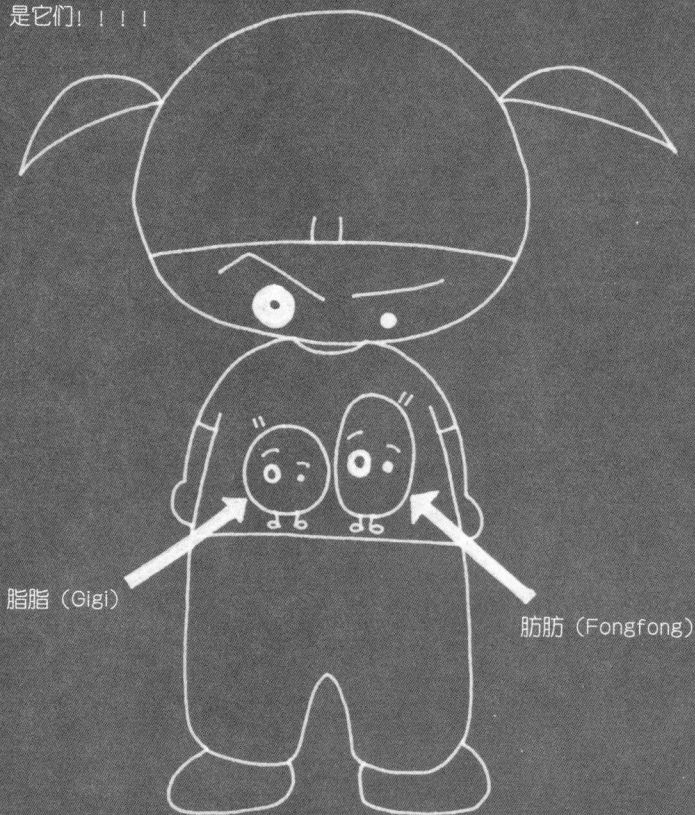

是它们！！！！

脂脂（Gigi）

肪肪（Fongfong）

在这里，我是好宝宝……

在这里，我是罪恶……

午餐肉

在这里，我是好拍档……

在这里，我找到家……

能终日吃喝玩乐，是脂脂的梦想……

最好每天都可以享受……

然而脂脂并不知道……

作为一粒脂肪，它的作用远远可以超越这些……

脂肪

爱……

喂!

不等于要纵容……

"是时候要起来工作了!"

"难道你真的不知道吗？"

"我们并不是多余的……"

"有时候我们是被储存起来，好像没有什么用途……"

"但事实上我们在身体里的意义多得是……"

"我们被制造和储存……"

"并不是因为我们天生只懂享受
不用工作！"

"也不是要主人不方便！"

"我们是维持主人生命的重要能
量！所以，没有一粒脂肪能懒
惰！"

"那些血糖又去工作了！"

"我们又在这儿坐冷板凳？"

"为什么你总是忘记自己的工作时间？现在只是头二十分钟罢了！"

有氧运动的头二十分钟……

燃烧的只是血糖，能量不够，所以会很辛苦……

但是二十分钟后，脂脂和肪肪就会开始燃烧，供给身体能量……

所以那时候身体运作又会开始顺畅了

只要你需要   无论何时何地

无论什么情况

我们都会用最大的能力来保护你

脂肪就是必要时救你一命的强大
能源

脂脂肪肪成名后，有天被邀请上
"至晕饭局"

主持人照例为嘉宾准备了丰富食
物，也准备了很多尖锐问题……

例如问到脂脂肪肪是否跟肥妹决
裂了，所以关于它们的"肥妹与
脂脂肪肪"迟迟都没有推出等
等……

东坡肉

殊不知！脂脂肪肪居然在节目中
遇到它们的父母——东坡肉！
"至晕饭局"又再次制造了一个
温馨感人的场面……

PART 4
*
吃呀！！！
FOOD & EAT

098 林一峰

兴奋过度

我并不是一个酷小孩。那些酷小孩通常是坏坏的,他们在课室里面总是坐在最后排,总是第一个在笑,其中也有些长得很好看的,总爱跟校规和老师作对。

我注定不是一个酷小孩。小时候的我头很大,却比同年的孩子矮小,不像坊间大众认同的健康阳光型男孩,在同学当中从来都不起眼,所以我不喜欢上体育课,不爱集体活动;同时,我也不会像其他男生一样整天在讨论女生……我喜欢音乐,爱听一些没有人感兴趣的歌。虽然被老师选了出来,代表学校赢了很多校际朗诵节的奖,但我一向都认为那样夸张地说话实在令人喷饭,当时的我为此感到非常尴尬,我从来只是为了老师而参加,或是我从来不懂说"不",因为我觉得自己不配那样潇洒。我一点也不酷。

在家中,父母总是在努力地教育我成为一个透明人。当然,他们并没有直接说出来,但每次我回想起都觉得,他们在潜意识里希望我们成为这样的一个人。他们很可能就是这样在传统观念很重的中国家庭里长大的。我们不许在公众场合里引起其他人的注意，不能哭，不能大叫，不能奔跑，不能为任何事而表现兴奋，不能做出一些让我们跟其他人表现不一样的事。

"你兴奋过度呀？"妈妈会严厉地瞪着我，狠狠地说。这是从小到大我最讨厌妈妈说的话，也是对我的快乐最大的侮辱。

我一直以来也是别的父母眼中的好孩子，但他们不知道的是，我心里其实不够自信，一直害怕不能在四处都是聪明混混的社会里面生存。像我这样的一个在温室里面长大的孩子，就像是乖乖听话的宠物，只要循规蹈矩或表现乖巧，就可以轻易得到权威的保护；另一方面，父母从来没有说出口，他们为我而骄傲。我想这便是传统中国思想吧，不应该称赞你的儿女，免得他们持才傲物。中国人的父母也会在人前称呼自己的儿子为"犬子"，说明了中国文化里对"谦逊"的看重。

我就这样，高不成低不就地卡在中间，总认为自己不够好，也不够坏。即是，不够酷。香港的教育没有告诉我们，每个人都是特别的，它恰恰教育我们不要成为特别的人。从来没有人跟我说我可以依自己的规矩，拥有我自己的成就，甚至是我自己的生活方式。像我一样的丑小鸭在外面不能生存，我们好像不配拥有"快乐"，因为我们不酷。

不酷的我，很早便知道世界是残酷的，只有最好和最强的才能生存；更差的是，我以为只有英雄和美人才能生存，或被世界容许去追求想要的东西。就像那些酷的。

读大学是最后一件我完全只为了满足妈妈心愿而做的事。大学毕业后，我的生命才正式开始。我为自己的喜好而努力，为自己相信的事情尽情兴奋，选择我的职业，开始健身，把信心一步一步地建立起来。

现在，我当然是自己的主人。但每一次，在那些失落的梦里，我始终渴望做一个酷的小孩。

从来都想。

林一峰

（原文节录自林一峰《思生活》专辑，《魔鬼与我同生》文案）

吃呀！！！！！！！！！！！！！！

梅菜扣肉是我的梦想，沙嗲肥牛河盛载我的心，ＸＯ酱猪颈肉炒公仔面炒出我的未来，炸鸡腿连皮吃带我飞到天堂，黄金虾（听说一碟有起码十二只咸蛋黄，是胆固醇的使者）将我溶入脂醉金迷的世界，咖喱牛腩饭是倒霉天的救赎，奶酱多甜蜜了我的生活，提子朗姆酒雪糕加上热的溶巧克力曲奇让我感到天使的拥抱，餐蛋饭让我明白神的爱。

来自吃的满足那收获本身是单纯的。是从心灵深处跑出来那最坦白的快乐与感动……然而后果却相反。当你看见胸部以下胃腩加了层厚肉，当照镜时看见胸围带将你背部的厚肉分了楚河汉界，当你看到屁股由一张二人雅座变成两桌十二人乳猪全席，当你两条大腿由合作无间的好拍档变成经常互相"摩擦"的死对头……那单纯的快乐就在零点零一秒间，变成恨不得要削肉还母削骨还父的冲动。

最高峰时，我有一百七十磅。那时明哥刚发现我，因为他的一句"为什么肥就不可以唱歌"，我就如拿着尚方宝剑一样，开展了我的事业。在百般的爱与支持下，我像隔岸观火般，看着另一边的世界。而那一个跟家、童年和"人山人海"都很不一样的现实世界，原来并没有打包票包括无私的包容和爱。我也发觉，即使我是在一个充满爱和包容的环境下长大，自己的眼光也不得已变得不再一样，而我对待自己的一切，也不能回到像从前一样，只在乎那单纯的快乐。因为在追寻那种快乐的同时，我也无可避免地介意后果，而且慢慢变成病态的介意。徘徊在快乐与负罪感之间，很多超现实的情景都会出现，例如叫一碟黄金虾，但放进口前先放进茶里洗；又例如右手将锦绣大会pizza送进口里，但左手握着要饭前饭后吃的吸油去脂什么什么丸等等……期望将那一正一负打个平手。到这种方法已渐渐不能平衡，就开始信奉只吃这样不吃那样的那些古怪食疗，直到那些食疗也收不到效果，就干脆绝食，脱离负罪感和快乐交缠的折磨，也开始脱水与营养不良。与其这样，为什么不干脆去做运动，达至收支平衡的效果？

为什么要选这些看似容易，但其实难比登天的方法？我试过，我明白这种想瘦，但又想偷懒的心态。停下来，想一想，真的值得因为逃避那一点运动而失去享受食物的机会吗？当走到极端，失去的将不只是健康，还有一颗享受和对自己坦白的心……那颗最原始单纯和快乐的心。

"太好吃了~~~~~~~~！！！！！！！！！！！！"

还记不记得小时候看的《伙头仔昆布》？

我永远忘不了那最单纯最坦白的叫喊。能享受美味的食物，是对人类的一种祝福，值得我们再次呐喊：

"太好吃了~~~~~~~~！！！！！！！！！！！！"

......

......

......

无聊就想吃东西……

隔壁家的饭香

有缘相遇……

接触到了……

融合了……

是幸福，是爱……

肥妹一看见午餐肉就发疯，是有原因的……

一条菜

她记得当年，当她什么都能随便吃时……

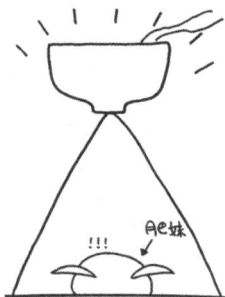

!!!

肥妹

爸爸叫了一碗五香肉丁煎蛋公仔面，她明白了什么是人间美味……

从此，她就一发不可收拾了……

走呀!

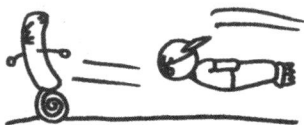

你是我的……

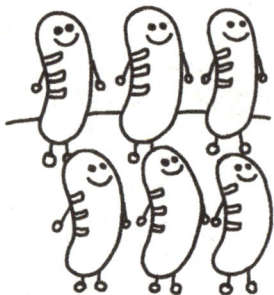

六条煎肠……

两只煎蛋……

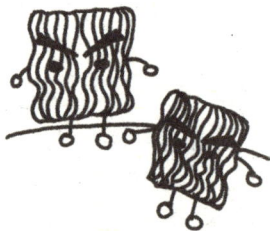

两个公仔面，要炒的那种……

放在一起，全部一口气在凌晨两点吃掉，是我有过最疯狂的愿望，也是我一个肥仔朋友的真实宵夜餐单……

肥妹给餐蛋面的情歌

就是我们错，不比他们多

太爱你也许会难过，回头恨你又
是否好结果？

不想我难过，除非肯答应我

明年今夜，至少跟我自助餐上同
坐，唱活一首情歌，求大家给你
认错（摘自容祖儿的《阿门》，词：林夕）

113

黄豆是位十分出色的演员

获奖无数，也曾多次封帝

他最有名的角色，就是经过三天
三夜特技化妆的……

素鸡

有一天，黄豆遇上让他心动的人……

可惜，一粒是豆，一条是肠，不容易被人接受……

精神病！

黄豆决定出尘，脱离俗世种种繁华景象，放弃演员这个身份，成为佛门下的一杯豆浆。

一块鱼生的命运

能够成为一块人人垂涎的鱼生，
是一块鱼肉的荣耀

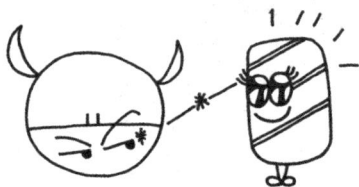

有一天，习惯摆出新鲜美味姿态的
鱼生遇到食客肥妹……

谁知道，自以为贵人相的鱼生，
这次竟遇上认为所有食物都应煮
熟才吃的肥妹！

帮我……报仇……

有人遇人不淑，有人遇人即熟……

一条肥肠

肥肠，肥美又好吃……

不能太瘦，太瘦像腊肠……

你可以选择不吃肠……

但你绝不能让一条肠去减肥

为什么要谈恋爱？

因为，有时候……

很多东西……

要有两个人才有借口吃

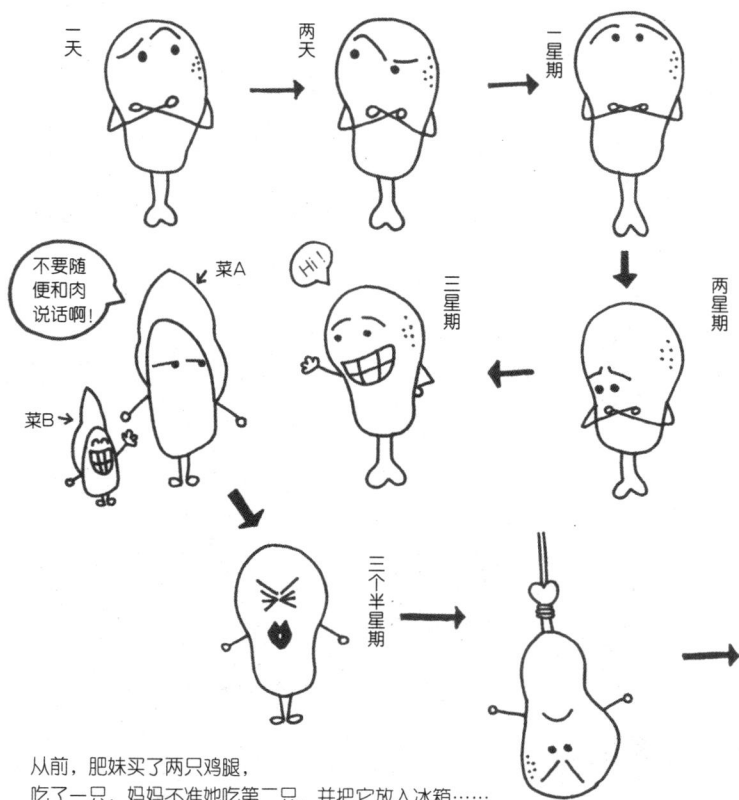

一天

两天

一星期

两星期

三星期

三个半星期

不要随便和肉说话啊!

菜A

菜B

Hi!

从前,肥妹买了两只鸡腿,
吃了一只,妈妈不准她吃第二只,并把它放入冰箱……

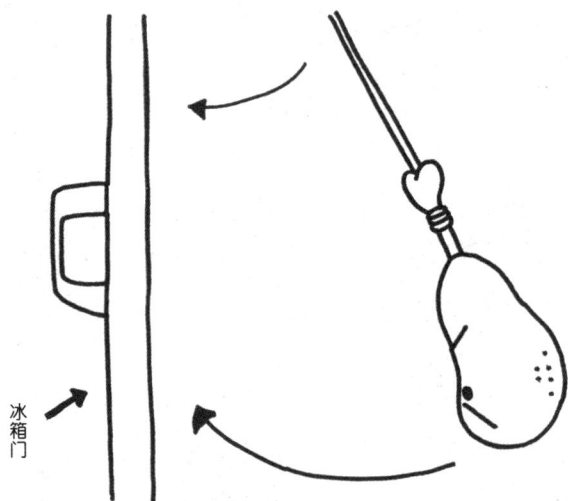

冰箱门

鸡腿尝试撞开冰箱门，但不成功……

第二十九天

最后

臭

鸡腿在冰箱里待了一个月，它的日子就是这样地过了……

吃菜无疑是很健康……

但……

每餐都这么苦了自己……

根本一点都不快乐

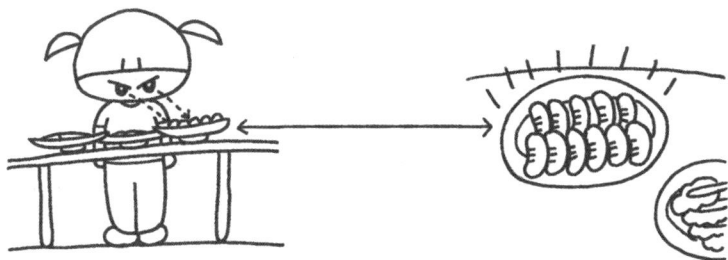

香肠……

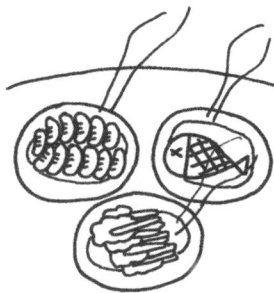

其实一桌子有不同的菜……

能看见全部，就不会只喜欢吃其中一种食物而营养不均衡了！

据说有种叫"宠物猪"的猪……

肥妹也想有一头……

"噢，朋友，对不起……"

肥妹与瘦妹 之 当瘦妹的肥乐遇上肥妹的瘦乐

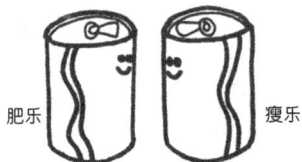

肥乐　　　　　　瘦乐

有一天，肥乐遇上瘦乐……

肥乐

"我们有什么分别呢？"

瘦乐

"我瘦一点吧？"

肥乐　　　　　　瘦乐

"因为我是一罐正在减肥的可乐！"

肥妹与瘦妹 之 在茶餐厅

"你好，一份A餐换米粉，煎蛋卷少用油不要蛋黄，喝的要冻奶茶不放糖少放冰块……"

"呵呵呵……
有下午茶吃……"

"啊，你还没有点餐啊？！"

PART 5
*
都是选择
SOMETHING
MORE THAN OUR BODIES

132 林嘉欣

记忆中是一个没阳光的下午，放学后大伙都坐上同一班公交车，去麦当劳混混，好像每天都是这样子。那时我可是学校里很受欢迎的女生，身边总是围着一些同学，我们打扮大概一致，很宽松的牛仔裤，紧紧的T-shirt，说话的语气差不多，动作也是彼此模仿，那时候不懂价值观是什么，如果知道的话，那我们的价值观是一致的。在公交车上我们都喜欢大声说话，大声地笑，好像公交车是我们的。还差几站才到麦当劳。这一种吵闹，其实并不单纯是欢乐，引人注视也是重点之一。拿着一沓书，架着一副厚厚的眼镜，穿着一件很普通的外套，直脚牛仔裤，一双老师才会穿的黑皮鞋，双肩背着一个灰色的背包；她上车的时候，公交车已经满了，挤到出口的位置低着头看书。我早就看见她了，只是假装看不见。继续我们的嬉闹……不知道谁做了一件超蠢的事，我们闹得更凶……实在是太吵了，她从书上看过来，眼神接上了，我很勉强地说了声hi，她点点头，有一丝的微笑。还没到麦当劳她便下车了，其中一个同学用很惊讶的表情问我，我想她也等了很久。"她是谁？你认识她？"我冷冷地说：
"我大姐。"接下来是一阵有的没的讪笑。

隔了多年之后，我跟大姐说起这一件事，她说她没印象。我却为这事耿耿
不安，我是为什么不想认这个大姐？是因为她的穿着和我不一样，还是她
的行为和我不一样？我想我是怕同学知道我有一个这么正经的大姐，同伴
的压力会改变一个人的判断能力，让我不敢去跟我大姐讲话。当所有人都
只认同单一的价值观，是非的分辨便没那么清晰了。当所有人都歌颂瘦就
是美，肥胖就是丑时，你的判断是什么？

林嘉欣

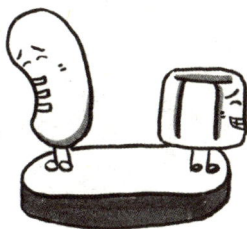

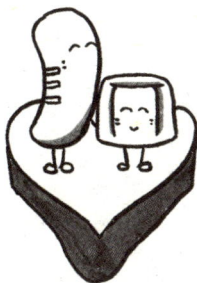

都是选择

记得德鲁·巴里摩尔吗？很多年前因演电影《E.T.》而出名的小童星。外形可爱加上天才演技，七岁就红透半边天。你以为她会像童话般从此快乐地生活下去吗？接下去的改变，也出现得跟她的事业发展速度一样快。九岁吸烟十岁酗酒十三岁吸毒十四岁前已进过两次戒毒所……二十岁前的岁月还是继续疯狂疯狂疯狂……当我知道她的故事时，我的第一个想法是："都是漂亮惹的祸。"漂亮的人才有机会得到那些早来的幸运，才有借口去干这些疯狂的事。太早成名的压力吗？谁叫大人们在她心智未成熟前就给她那么多？如果她和那些同龄的朋友一样成长，她还有必要这么早就经历那些奢侈的沉沦与迷失吗？然后德鲁·巴里摩尔二十多岁了，经过多年的沉沦，突然间，她决定脱胎换骨，重新做人，珍惜别人再次给她的机会，因此拍了很多很卖座的电影，并成为美国片酬最高的女演员之一，还开了自己的制作公司，制作了《查理的天使》系列电影作品，在演员和监制的两个身份上都得到空前成功。

对我来说她的成功"翻身"一切都来得那么理所当然，因为她很漂亮，我想只要她变回从前那么漂亮就可以从头来过了。然而世事真的那么顺理成章吗？布兰妮·斯皮尔斯的新闻，恰恰打破了我这个想法。

同样是漂亮吸引人的年轻偶像的布兰妮，唱过最热门的少女梦想之歌《Baby One More Time》，约会过最帅的男孩贾斯汀，跟全球最有名的女星麦当娜合作过，自己曾经是最红最受瞩目和大家最"想要"的女歌手，也沉沦过和疯狂过，风雨过后，再次被期待和被给予机会在某年九月的MTV Video Music Awards来一个翻身表演，不过，她却在万众期待的一刻，让全世界失望。她当晚不耀眼、不动人，唱歌跳舞皆失准，大家等了那么久，期待看到一个"回来"和耀眼的布兰妮，最后却失望了。不是因为她不及从前漂亮了，是因为她根本就没有把握这个机会再做好自己。我突然明白，德鲁·巴里摩尔再次回来的成功，不是单单因为她漂亮，而是因为她真的做好了自己。

都是选择。

第一届Britain's Got Talent（英式《残酷一叮》）的得主是一个害羞、不漂亮和口吃的大肥仔保罗·珀特斯（Paul Potts）。你可以想象，如果孔庆翔（William Hung）染金头发和变成双眼皮，就会跟保罗·珀特斯很像。保罗·珀特斯未开始唱歌前，那三位评判的嘴脸应该跟当年见到孔庆翔的评判是一样的。孔庆翔开口就让大家笑到流泪，保罗·珀特斯开口也让大家流泪，不过，是因为在他开口唱歌唱到第三句时，大家禁不住被他那种动人和有诚意的声音感动而流泪。保罗·珀特斯因爱唱歌，不理会别人的眼光而成功了，可以获机会出唱片，获邀在英女皇面前表演，也得到很多被访的机会。

访问中他说从小就很喜爱唱歌，但小时候因为长得丑常被欺负，对自己很没信心；受伤害时，他的歌声就是自己最好的朋友。保罗·珀特斯希望能成为男高音，哪怕别人笑他是"傻小子"，也希望能站到舞台上一试。如此动听的声音当中包括了很多复杂的感情。当他站在台上开腔，那些过多的伤害和误解，都一一被这歌声融化了。

保罗·珀特斯可以选择以怀才不遇和受害者的身份继续活下去，放弃追求今天所拥有的；德鲁·巴里摩尔可以选择继续沉沦享乐，继续自怜自己要承受成名的压力；布兰妮可以选择利用那个万众期待的夜晚一下翻身，不再被人背后耻笑她"蠢"和虚有其表……

都是选择。

原来，外表不足以为你决定前途，决定以后路途的，是当下的选择。

有些爱情……

就是忽然有一天……

遇上了，然后像认得对方那样……

就这样走在一起……

"我只是一个没用的肥东西……"

被爱……

就是连自己都不能容纳的缺点，
都被容纳了……

有些爱情……

就是……

你以为大家天生一对……

但原来那不过是你自己以为而已……

有些人出现，你以为他是同类，
其实不是……

有些人出现好像是为你好，
实质上是在扼杀你的价值……

有些人出现，教你认识了一个完全不
一样的世界……

有些人出现，让你明白了自己是
谁……

"最爱午餐肉……"

有些爱情就是，一开始没有看清
楚……

走近点，你以为对方的心充满了你，
无限地包容了你……

水浸甘？

但看真点才知道里里外外都是
两码子事……

也许……

在生命中，我们会遇上跟自己
完全不同的人……

也许大家在对方身上找不出一处
让自己熟悉的地方……

但那就是那场相遇之中最新鲜
有趣的地方……

PART 6

*

你肥我也肥
SELF-LEARNING

152 爸爸

肥是什么样？瘦是什么样？

在我心中，没有多大分别。

别人都会为他人祝福，生个肥肥白白、健健康康的孩子，我已得到了。

自从你降临，也就让全家充满欢乐，不太爱说话的我也改变了不少。你长大了，那种自信、那种分析力及待人处事，令我引以为傲。

每个父母都希望自己的孩子生长得健康、快乐、自信，你已经超越这范围很多，别人的眼光不能作为标准的定义。肥或瘦、高或矮，是上天赐给人类的，我已经很感恩，再肥一点、再矮一点或再丑一点，你也是我心中最完美的女儿。

打从你进入这行业发展开始，我感到我的担子已完全放下，我会再从另一角度去欣赏你，不论远观近看，你在我心目中绝对是标准的、完美的。

祝愿你更能发出摄人的魅力、才华。

爸字

你肥我也肥

有次跟一群妇女和她们的子女喝茶，她们真正身份是谁我都忘了，但记得那个场面。席间，一名妇女骂她的儿子："不要再吃了，你想跟肥妹一样胖呀？"

"……"

大家停顿了三秒，然后继续吃。

尾声时，另一名妇女跟我说："肥妹你能吃吧？把它吃完吧！"

"……"

不太记得当时的我有什么反应，但依稀记得妈妈给我一个眼色叫我不要吃。

那是十多年前的事。

十多年前，最好是你肥我不肥；或者是，你肥，就减，不减就继续成为垫底的人。大家相安无事，各守岗位，是有点刻薄和冷漠，但胜在还有各自的生存空间。

现在还一样吗？

不，但更糟。

成行成市的减肥产品和方法，成千上万的减肥少女，近年还加入减肥师奶少男呀叔呀婆小孩宠物甚至牙膏糖果音乐……数之不尽用之不殆老少皆宜应有尽有，不管你肥或是不肥，总之要减！减肥本身不是件坏事，但减到无所不用其极，减到不知道为什么要减，减到变成压力，减到人都发疯，减到"妈妈都不认识了"，减到身高一米七却剩下八十磅，就是件坏了自己的事。不过，减肥风潮其实只是个现象，重点是，我们已渐渐失去容纳别人和自己的空间。

想要在身高体重心态健康上都达至平衡，适量的节食与运动是必需的。当然，"条条大路通罗马"，坊间还有很多方法任君选择，但论功效、持久性与身体能否保持或变得健康，其他方法所带来的效果当然不会跟上述两种因下过苦功而得来的一样，一分耕耘一分收获，公平的。然而，这些改变究竟是从厌恶自己开始，还是为了想自己在外观有所进步和身体健康而开始，将最直接影响所得到的效果。前者力量较大，不过以"负能量"居多，虽然可以激发你的无比毅力达到效果，但当中的"负能量"绝对能强烈而无声无息地影响外观和心理健康，有可能得不偿失；后者会让你流多点汗，过程也会辛苦点和较漫长，但"正能量"充足，能强健体魄也能令你心旷神怡容光焕发，算起来盈多于亏。

谁都喜欢自己漂亮，谁都想被选中，谁都想路走得容易点，谁都希望别人爱自己多些，但你有否先爱自己？希望别人都容纳你，你有否先容纳自己？也就是说，我们的存在价值并不等于别人在表面看到值得的多少，就等于他们应该付出多少爱给你。爱，本来就不是应该根据任何条件来衡量的。

本书已来到最后一章，是旅程的尾声，也是另一个旅程的开始。也许你还是带着一身脂肪，也许你体态健美，这都不重要，只要你不再像从前一样，一看见脂肪就惊惶失措便好了。

一路顺风。我也是。

要是我们总觉得自己一无是处……

就算……

我们有撑起半边天的能力……
我们也不会因此而感到自豪……

"那不过是因为我比地球还重吧……"

为什么要苦苦地怀疑自己……

而错过路上的美好事物呢?

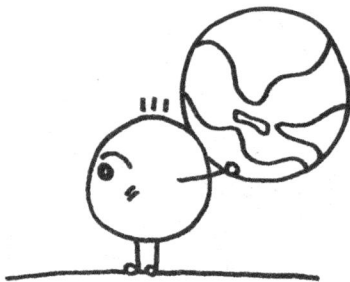

遇上美好的事物……

会很快乐……

可是，又会因为自觉不值而开始变得
闷闷不乐

最后选择离开，却亲手破坏了原本很
美好的事物……

既然是美好的事物……

为什么要因自卑而错过呢?

美好的事物是应该珍惜的……

可是……

当忽然出现一些特别情况……

我们会选择再次不相信自己，然后离开……

当我们怀疑自己时，

我们会看见自己选择看见的东西……

然后更确定自己的悲哀……但，那些到底是真相，还是有什么遮掩着我们清澈的心？

花："阿陈！今天工作怎样？"
蝴蝶："很好啊！采了很多花蜜！"

"你为什么喜欢跟我一起呢？"

"没什么特别原因啊！就是喜欢啊！……"

"我最喜欢看见你圆圆黄黄的！像太阳！"

"圆圆黄黄的像太阳……你嫌我太圆太胖吗？"

"……最喜欢你圆圆黄黄的！像太阳！"

你是自己的主人啊！
为什么反而嫌弃自己？

了解清楚自己怎么会这样容易不快乐，转个圈去想想，其实一切都很美好……

在这地球上……

到底谁……

把自己弄得不可爱、不快乐……

再可怕

也是自己……

也是一向熟悉的自己

更何况我们每个人都不可怕，
要面对自己又有什么可怕？

桃花眼

我有个很瘦的朋友……

相貌也相当姣好……

可是，原来她埋怨自己O形腿，大盆骨……

朋友啊！谁没有多了或少了点东西呢？

172

我喜欢这样的自己……

也会幻想自己变成这样子……

但无论我是何模样……

我都爱自己

去年我很不快乐……

今年我还是不快乐……

我立志，今年要努力玩耍寻乐……

但爸爸说，玩就玩，为何要找原因？

没有人……

比我……

更了解你……

因为我是你的一部分

我喜欢这样托着头……

因为我的脸圆圆的……

圆圆、暖暖的脸蛋……

充满了手心，感觉很温暖

还记得吗?

你小时候胖胖的……

多可爱……

现在吗?也一样可爱。

有时候我觉得自己比地球还大……

有时候却觉得自己很渺小……

大小的我都在这地球上……

在你心中的我，是太大了点，
还是太小了点？

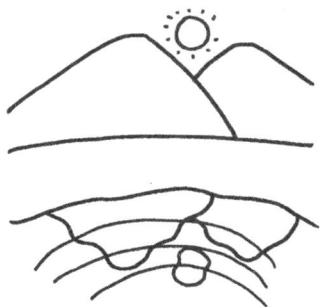

我喜欢看见太阳……

但，为什么要从倒影看……

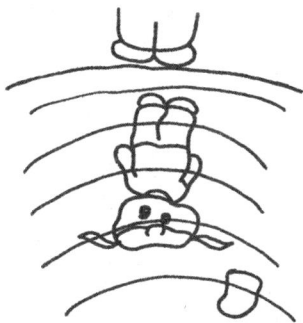

而不正面感受阳光呢?

我的人生……

是否就如你所说……

要变得轻得如水如风……

才有价值呢?

身边会出现跟我们相同的人……

也会出现一些跟我们很不一样的人

但无论身边出现什么样的比较……

了解自己和接受自己才是最重要

肥妹又胖了！！！

她很不快乐地走着

却遇上一个很瘦很瘦的男孩

肥妹忽然明白，有人太胖，也有
人太瘦，这不过是世上众多事情
中的一件事罢了

186 黄耀明

大概是1993年吧！还在罗大佑的"音乐工厂"的日子。

那一年"音乐工厂"与"香港管弦乐团"合办音乐会，我要主唱几首歌，其中一首我选了Pet Shop Boys的《Rent》，就叫人做了一个非常凄美沉郁的管弦编曲。你知道通常群星演唱会，每首歌大概只有十五分钟的彩排时间，何况跟八十多人的乐团彩排，时间就更加紧迫。

踏上音乐厅的舞台，乐团一奏起歌曲的前奏，心里便暗叫不妙：这次出事啦！前奏听起来极为奇诡，也因为没有什么鼓击或节奏部分，我就一直跟不上音乐。当时附近有工作人员轻声地讨论说："为什么这个黄耀明这样不济，老是跟不上乐团？"当下自信心大受打击，就越唱越差劲。但时间已够，到下一位彩排了，当时距离真正演出大概只有四十八小时。回到家里，一直感到不开心，跟着不知怎的，声音就开始沙哑起来了，鼻子也塞了，鼻水不断涌出来，于是立即出去看医生，拿了感冒药。但其实心里知道，这些都是心理因素引发的，一定要跨过这个心理关口。突然想起其实那八十多人的乐团内，有一位乐手是我认识多年的朋友。

下午彩排时，因为时间紧迫加上人多的关系，并没有跟他打招呼。就立即打电话给他吧！后来，上了他的家，他很用心地跟我研究这编曲的结构起伏，帮了我很大的忙。回家后，在余下的三十多小时，我不断地重复练习。最后，我想我的演出应该不错吧！演出后，有几位乐手走过来问我："这支是谁的歌？"因为他们一边演奏这首歌，一边深深地被吸引了。

我想心病还需心药医。

当然还有朋友。

黄耀明

190 后记

AFTERWORDS

"一事无成"这四个字，小时候总是隐约在脑袋浮现，长大后也是如此。对小时候的我来说，"成功"等于一定要像阿哥一样，科科拿A，次次考第一，参加什么比赛都拿冠军，做所有人的宠儿与领袖，做不到就是输家。但我知道无论我如何努力，也不会追得上阿哥的成绩，我不会是No.1。我又从外面的世界看到，成绩追不上不要紧，只要够漂亮，总会得到一点优越感，总有人当你是"小公主"，总会是被宠爱的焦点，但我却拥有全世界都介意的"肥胖"。对小时候的我来说，除了吃和为家人朋友当个"开心果"外，真的没有什么东西让我有满足感和成就感。渐渐地，我开始练成"豁达做人"的态度，学会"不执著"，做个"输得起"的人，成就感或成功都不是我刻意追求的东西。后来碰上明哥，让我有机会当歌手，音乐上做出一点小成绩，拿到点成功感和自信了。我曾经以为我在音乐上的表现已够好了，但舞台上应有的原来远超于此。原来那些"豁达做人"和"不执著"的想法，虽然让我轻松了点，但却让我在很多

AFTERWORDS

事情上都没有要求自己努力做到最好，是种逃避，是在原地踏步。这些逃避，让我良久都找不到自己的方向。谁知道原来写这本书，就是让我认识自己最好的一堂课。

本书的制作过程中，我经历了很多情绪上的起伏。开始画的时候，灵感源源不绝，画了百多篇，花很多力气试图重新写出"肥胖"的定义，但完成后却发现有一半漫画的意思重复了，而且说的东西不够力量。那刻我手足无措，只能停下来，也深深感受到自己的混乱与粗浅，失败感更强。而让我最最难过的，是我一直找不到平衡点。因为工作关系，我不能太放肆让自己暴饮暴食，保持灵活健康是我的工作之一，也是我对自己的专业应有的尊重。但矛盾出现了——哪会有人边减肥边告诉别人肥胖是可爱和没问题的？那是什么道理？情况就如这边告诉你"求学不是求分数"，但自己又"死读烂读"务求考个A一样。有一段时间，我既讨厌节食做运动，又

AFTERWORDS

完全想不到该如何完成这本书，脑袋像被拖进泥沼一样，动弹不得。我好讨厌自己，失败感很强，觉得自己说得出，却做不到。过了好一阵子，开始将一篇一篇的文章加进去，一字一句点点滴滴地让我想起，一路走来有多少人爱我和帮我，他们一直在我身上撒下什么种子，原来我一直忽略了这些。我方才发现，这本书该有的思想应该是：肥胖与否，根本不是重点。它不是要克服的天大问题，它不过是人生中的一些事情，一些轻如鸿毛的事情，最有重量的，是自己对自己价值观和对身边事情的看法。

细心看看四周，原来幸福和幸运，并没有公平地编写在每人的命盘中。不是每一个人都能理所当然地待在家中学会自重和自爱。可是，你有什么家人，天注定了，不能选择。我们能选择的，是如何对待他们。和家人相处，摩擦一定有，当中有多少错要认而没有认？有多少气执著不能放下？有多少伤没有被治疗？有多少话应说但不曾说？有多少话却说太多？作为

AFTERWORDS

子女不听话让父母生气时，他们也许只知道要道出孩子的错处就忘了顾及
子女的感受，伤了子女的自尊心；子女有时候又会漠视了父母的关心而伤
了他们的苦心。也许因为血脉相连，伤的只会更伤，生气的只会更气，痛
的只会更痛，但就是因为血脉相连，明白时也会更明白，甜蜜时也会更甜
蜜，道歉来得更深刻，原谅显得更温暖，只看你如何选择。虽然父母并没
有遗传瘦削身段给我，但他们却给了我人间最大的财富——尊严和慈爱。
家人除了担心我太肥不健康而努力控制我的饮食外，并没有因为我的外形
而对我有任何压抑与不尊重。相反，他们比我更欣赏和重视我的才能和价
值。这让我知道，爱我的人重视我和尊重我，我也要更自重和自爱。能
爱，就已拥有最强大和温暖的力量。只要勇敢去表达爱，尊严便能从爱人
与自爱的过程中慢慢衍生。感谢我漂亮能干又不骄傲的拍档卢凯彤，她是
我成长中最好的伙伴。感谢明哥当年对我们的坚持，他打开了我们通往音
乐世界的门。感谢严格但很爱我的sandymama，她骂我最多，但也最相

AFTERWORDS

信我会是个很好的人。感谢潘迪华姐姐，她教我做人要有梦想，年轻不怕等，这些话由她说是最有说服力的了。感谢我的营养师加挚友walwal，他启发我重新思考健康与美丽的定义。感谢本书的designer鹏鹏与maggie，感谢你们的欣赏与不离不弃。其他所有人，没有在这里都说，但您也许会发现自己在后面的全家福出现，原谅我不能将每个您用漫画画出来，容许我用一句看来最淡而无味但却最坦白的一句话感谢您：您们的一切在我心中。

谨以本书特别献给我的父母与阿哥。

零七年踏入二十五岁的第四天，香港时间下午五时零八分
刚完成在Montreal的表演，独自在酒店房中

196 二汶要感谢

爸爸 | 妈妈 | 明哥（黄耀明）| 阿哥（林一峰）| 阿妹（卢凯彤@at17）| 林嘉欣 | walwal（营养师Wallac gai@ANA）l Sandymama l Maggie ＆ 鹏鹏 l 老女人＆ 外婆 l 琴姨 l 云姨 l 霞姨 l 宝妈 l 潘姐姐……

……翠华 | 梁祖尧 | 周耀辉 | nghoiwongwa & pak ka sin | j.him & pear chan | Rachel、Martin & 彬©

丨“人山人海”及“人山人海”上下所有亲戚朋友 丨 我的所有亲戚朋友 丨 所有买这本书的人 丨 我的脂脂与肪肪

這是我最大的福氣。假如你在裡面找不到自己，那是因為我不懂
畫你，但你，已在我的眼睛，我的身心，和心房被堵滿了數千次，
我感謝，每一位在路上相伴的你，豐富我的生命，感謝… ☺

赵洸
07'

图书在版编目（CIP）数据

肥妹／林二汶著.—北京：新星出版社，2009.3
ISBN 978-7-80225-619-4

Ⅰ.肥… Ⅱ.林… Ⅲ.散文－作品集－中国－当代 Ⅳ.I267

中国版本图书馆CIP数据核字（2008）第201443号

肥妹　与脂脂肪肪

林二汶　图＋文

责 任 编 辑：于　少
责 任 印 制：韦　舰
封 面 设 计：聂竞竹 SIGH

出 版 发 行：新星出版社
出 版 人：谢　刚
社　　　　址：北京市东城区金宝街67号隆基大厦　100005
网　　　　址：www.newstarpress.com
电　　　话：010-65270477
传　　　真：010-65270449
法 律 顾 问：北京建元律师事务所

读 者 服 务：010-65267400　service@newstarpress.com
邮 购 地 址：北京市东城区金宝街67号隆基大厦　100005

印　　　刷：北京中科印刷有限公司
开　　　本：880×1230 1/32
印　　　张：6.5
字　　　数：10千字
版　　　次：2009年3月第一版　2009年3月第一次印刷
书　　　号：ISBN 978-7-80225-619-4
定　　　价：28.00元